レモンの車輪

はたちよしこ詩集

まど・みちお 絵

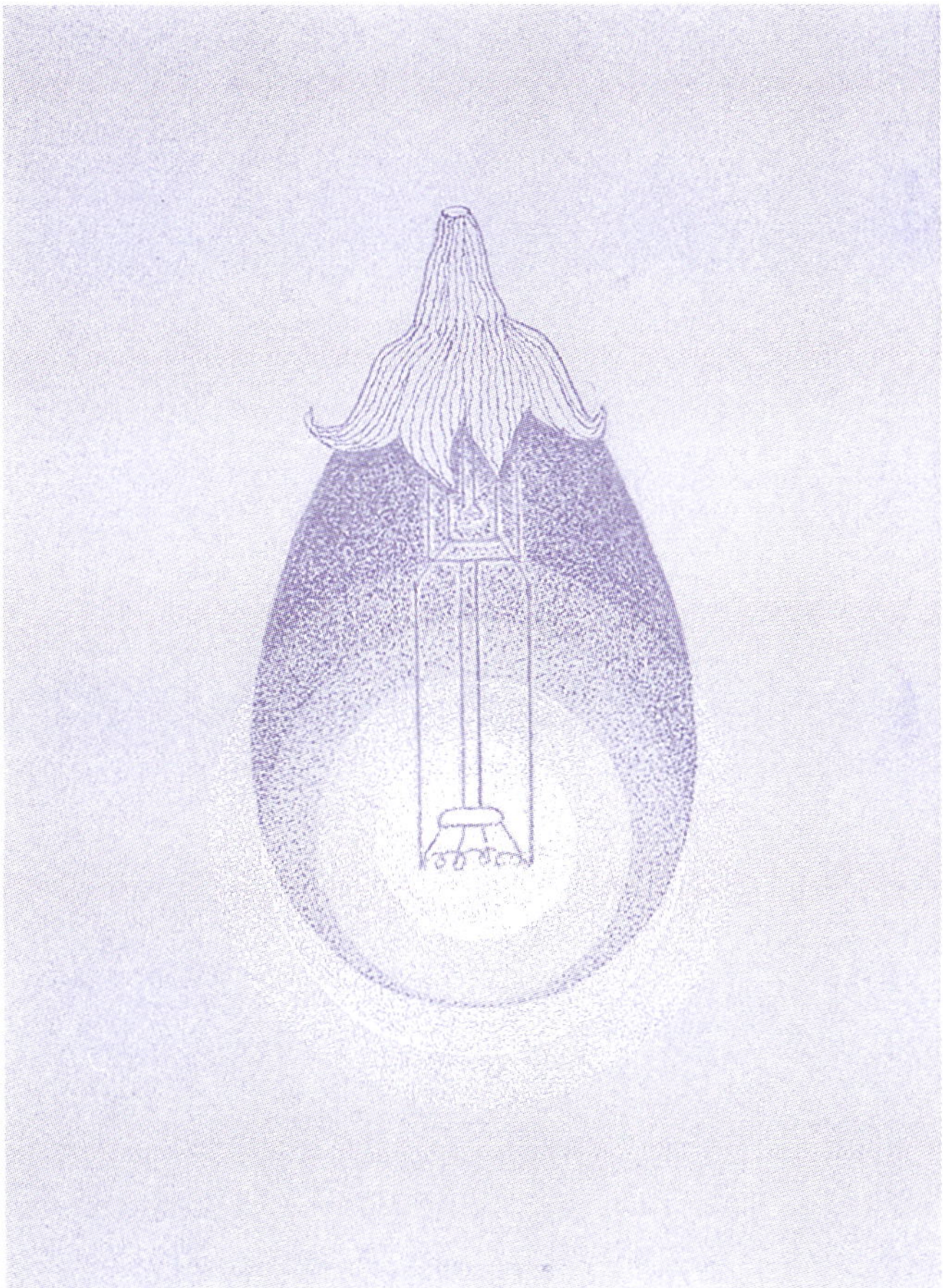

もくじ

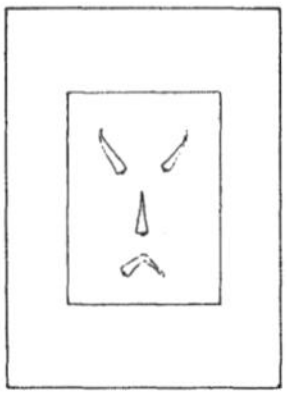
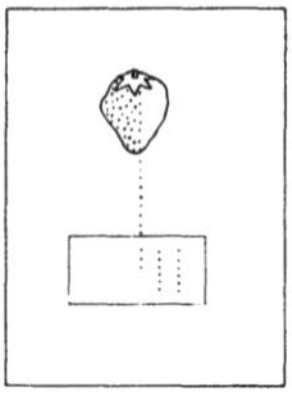

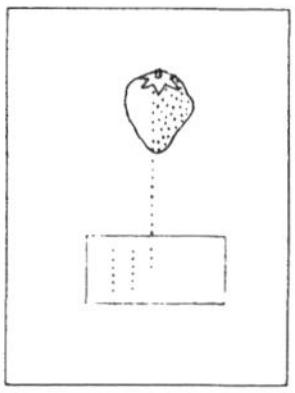
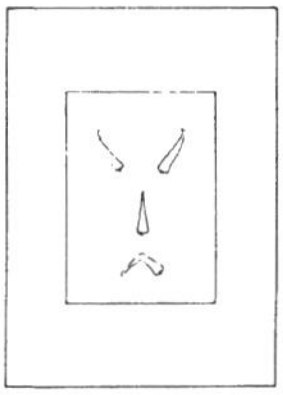

III

レモン 38
サボテン 40
カーネーション 42
蔦《つた》 44
かつおぶし 48
へび 52
とかげ 54
いたち 56
フラミンゴ 58
やどかり 60
ねこ 62
こうもり 64

IV

壺《つぼ》 68
鏡《かがみ》 70
下敷《したじ》き 72

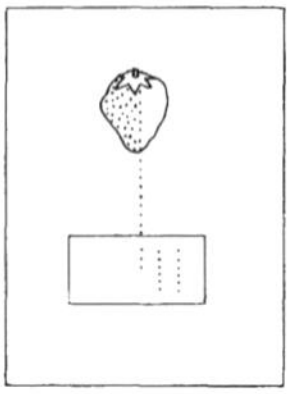
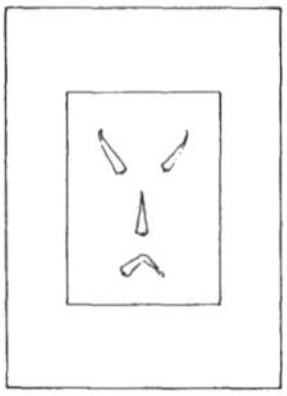

I

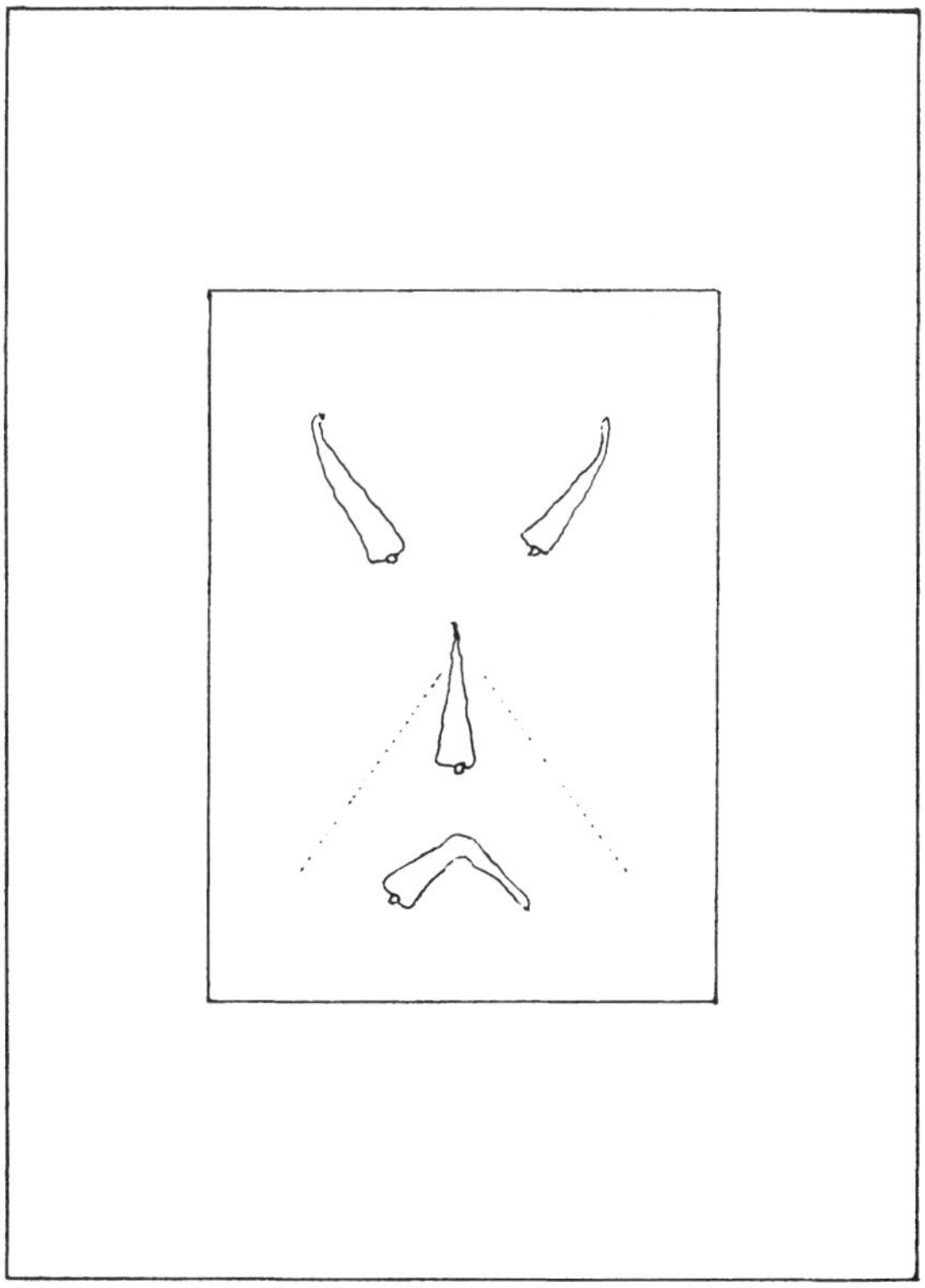

白葱《しろねぎ》

まっすぐな一本の決心《けっしん》

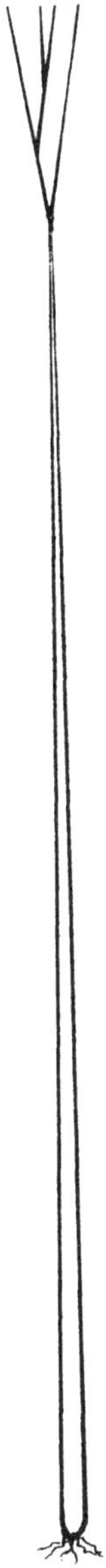

玉葱《たまねぎ》

身《み》をはがれ
こまかくきざまれては
黙《だま》ってなどいません

相手《あいて》の目に
刺《さ》すような　痛《いた》みを
お返《かえ》し

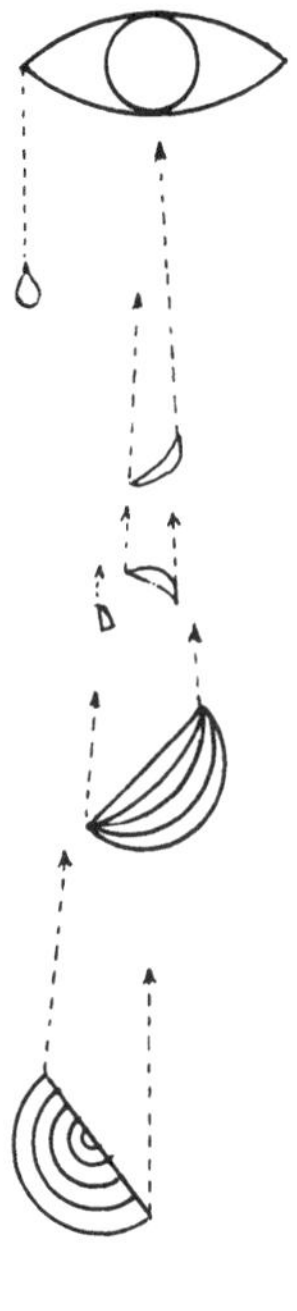

青首だいこん

ここが
首だったのか
じぶんでも
しらなかった

まわしてみようか

わさび

ツーンとした　辛《から》さ

水の冷《つめ》たい渓流《けいりゅう》で育《そだ》った　わさびの
身《み》のひきしまるような思いが

こんな辛さになったのかしら?

なすび

なすびは
青むらさきの　はだか電球《でんきゅう》
つやつやと
光っているのは

なすびの内側《うちがわ》に
何か光るものが
あふれているからでしょうか

かぼちゃ

まるい　家のなかで
種《たね》たちが
黄色い　明かりになって
団欒《だんらん》している

ついこのあいだまで
この家が
花だったなんて

花だったころ
太陽《たいよう》からもらった光が
いま　種になって灯《とも》っている？

唐辛子《とうがらし》

まっかになって
じぶんで
じぶんを　おこってばかり

いつか
辛く　辛くなっていくのを
知りながら

キャベツ

重《かさ》なり合った葉《は》を
一枚《いちまい》ずつ順《じゅん》に
内側《うちがわ》に
ていねいに巻《ま》きこんで
丸《まる》くなっていく

それが
たのしくてならない
キャベツ

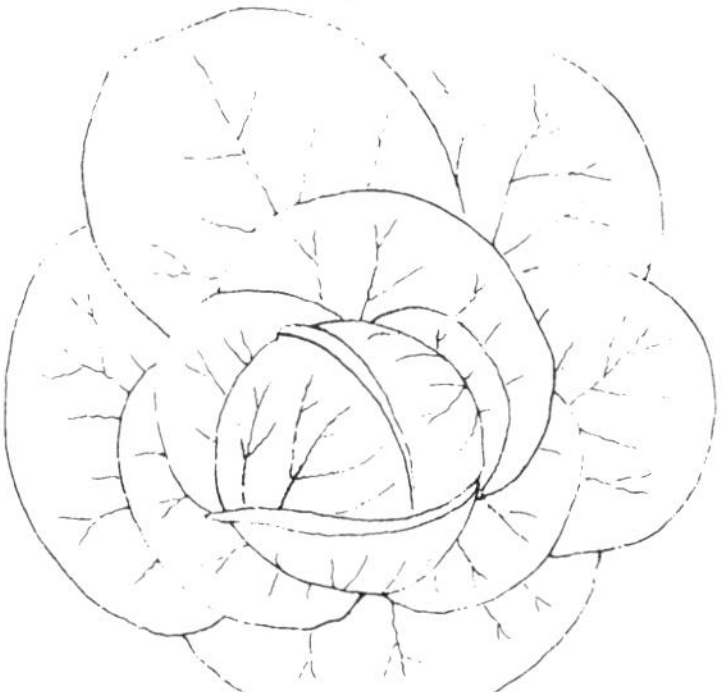

ピーマン

だれにも　すかれようなんて
おもっていません
肩《かた》をいからせ
胸《むね》をはり

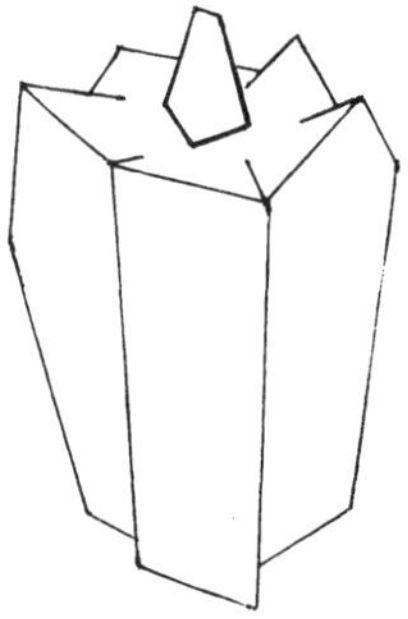

なかには
辛口《から》の意見《いけん》を　いっぱいかかえて

土しょうが

おろしがねのうえを
いったり　きたりしているあいだに
がんこな　わたしは
やわらかく　すりおろされていた

これからは　だれかと
うまくやっていけそうな
あたらしい　じぶんになっていた

胡麻《ごま》

こんなに　小さいのに
まだまだと
形がなくなるまで
摺鉢《すりばち》の中で
すりつぶされる

でも　どんなに
すりつぶされても
なくなったりはしない

すりつぶされれば
すりつぶされるほど
ひろげていく
芳《かんば》しい香《かお》り

パセリ

ごちそうが盛《も》られた
お皿《さら》の端《はし》
わたしは　じゃまにならないよう
つつましく

じぶんのよこでおこることを
はじめから　おわりまで見ている

つぎつぎと
ごちそうが呼《よ》ばれていくのを
ずっと見ている

そして　わたしだけがなぜか呼ばれず
最後《さいご》にひとりぽっち

もやし

もやしには
主役《しゅやく》はいない
みんなが　その他《た》おおぜいで
出番《でばん》をまっている

ひとつかみされて出番がくれば

からまって
「も」になったり
「や」になったり
読みとれない
ふしぎな文字になったりしている

何を表《あら》わしているのかしら
ひとつつまんでみると
「し」になってみえた

わたしに読みとれない　もやしも
どこかで

読まれているのかもしれない

II

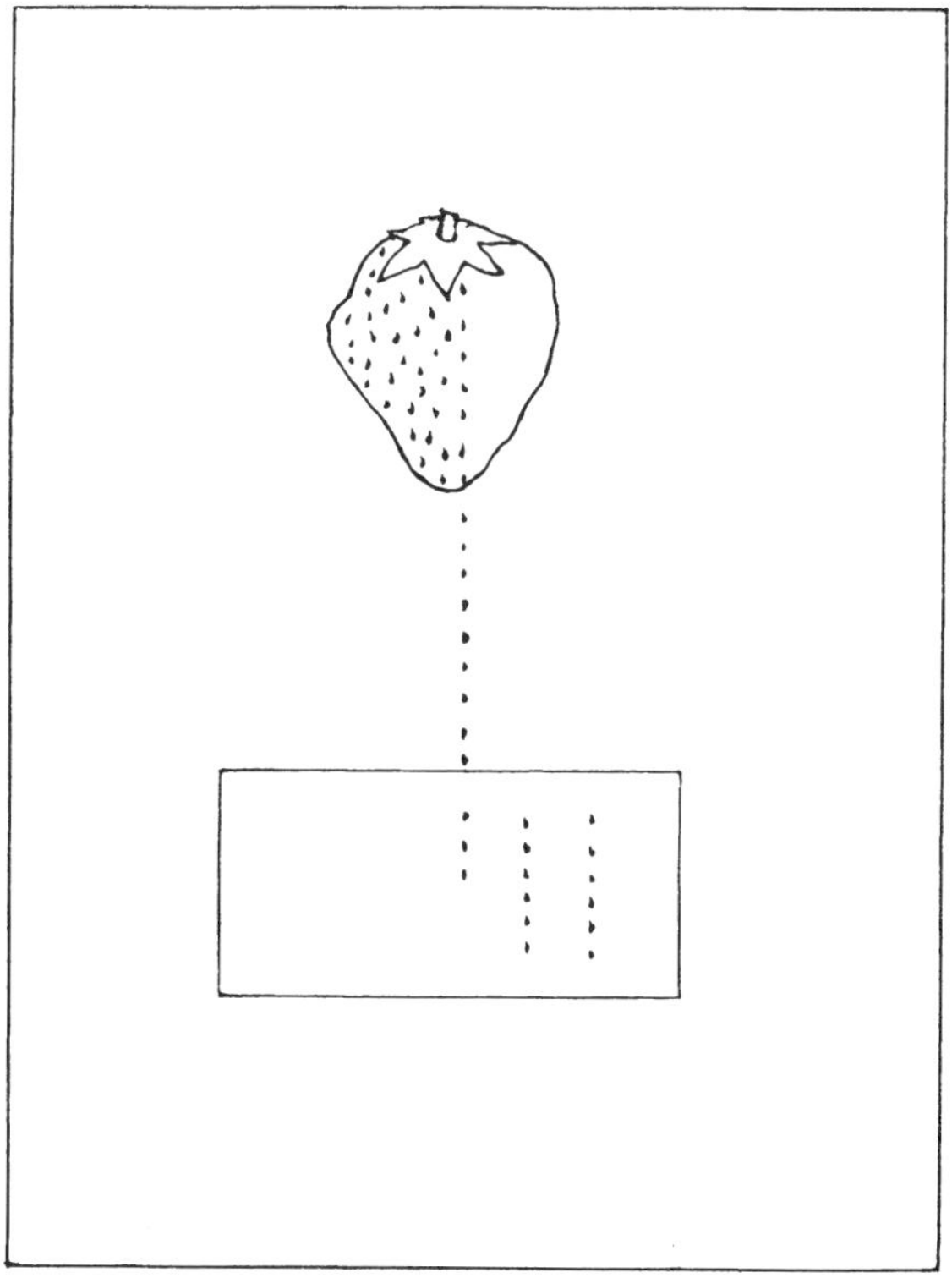

網《あみ》メロン

メロンは
自分で編《あ》んだ
白いネットの中に
はいっている

かたいネットの中で
うすみどりいろの夢《ゆめ》を

閉《と》じ込《こ》めている

つよく
結《むす》んだ網目は
メロン自身《じしん》にも
ほどけない

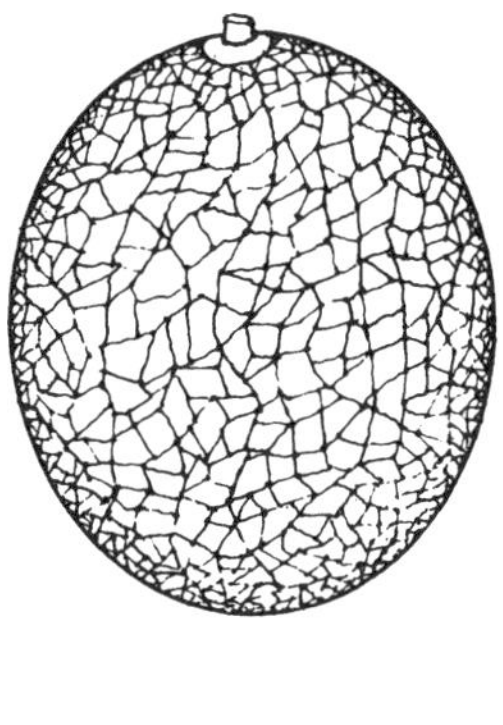

いちご

いちごが自分の体に書いた
読点《とうてん》ばかりの作文
、、、、、
、、、、、
、、、、、

文字は知っているのですが
おもっていることがあふれるほどあって
読点ばかりになるのです
、、、、
、、、、
、、、、

レモン

レモンは
遠くへ　行きたいのです
うすく切れば
それがわかります

うすく切れば
いくつもの　車輪《しゃりん》
いい香《かお》りをふりまいて
車輪　車輪　車輪

レモンは
遠くへ　行きたいのです

サボテン

(1)

どうか　わたしのうえに
風船を　おとさないでください

(2)

じぶんのトゲで
だれかを
きずつけてしまわないかと
いつも　心を痛《いた》めています

花が咲《さ》いたときだけ
ほんのすこし
つぐないができたような
気分になります

カーネーション

ミルクを飲《の》む
あかんぼうの口を
お母《かあ》さんは
うすい紙で拭《ふ》いている

うすい紙は
お母さんの手の中で
小さくなって
カーネーションの花になった

蔦《つた》

古い洋館《ようかん》は
蔦が編《あ》んだレンガ色の
チョッキを着《き》ている
胸《むね》ポケットからは
ときどき
ねこが顔をのぞかせる
つい　この間まで

チョッキは
みどり色をしていたのに
蔦は　いつか
色を染《そ》めかえている

風が吹《ふ》くたび
編目はひっぱられ
すっかり古くなったチョッキは
裾《すそ》のあたりが
だいぶ　ほつれている

胸ポケットには

日だまりができている

かつおぶし

ありったけの
じぶんを　だしきれば
いい味《あじ》が　でることなんて

はじめから
じぶんでも　わかっている

III

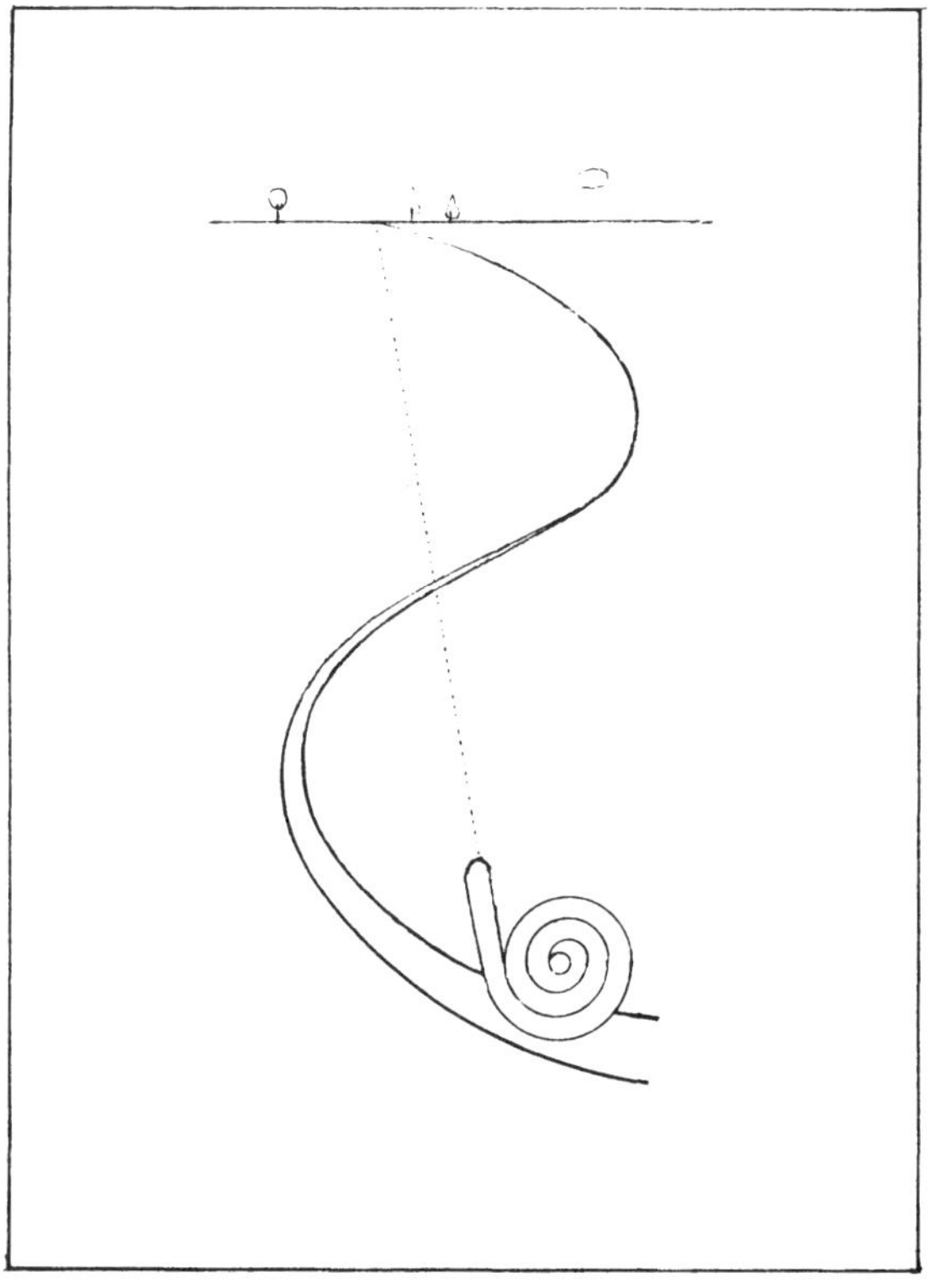

へび

じぶんが
巻尺《メジャー》みたいなものですから
近道は　わかります

とかげ

すこし　くねる
うすちゃいろの
矢《や》じるしが
草むらを
よこぎった

初夏《しょか》へ　どうぞ
と、いうように

いたち

地面《じめん》にふれそうな
八《や》つ手《で》の葉《は》かげを
風のように
通りぬけていった

いたちだ
だれかが言《い》った

そして
飼《か》っていたうさぎが
いなくなっていた

風は
だまっていた

フラミンゴ

たくさんの
フラミンゴの
折線《おれせん》グラフのような橙《だいだい》色の足が
横《よこ》に進《すす》んでいく

あの折線グラフは
何を記録《きろく》しているのでしょう

フラミンゴに聞いてみたいのですが
フラミンゴは
頭と長い首を
?にしています

やどかり

やどかりが
貝殻《かいがら》から出て
死《し》んでいる

伸《の》びをしたように

すこし　長くなって

かりていたやどを

海にお返《かえ》しして

やどかりという名前も

きれいにお返ししして

ねこ

ご主人さま
わたしに　長ぐつをかしてください
ねこは　そう言《い》って
長ぐつをはいて出かけ
ついに　ご主人さまを
国の王さまにしました

冬じゅう　こたつで
ねそべっていた　ねこに
この話をしてやると
ねこは　プイと
外に出ていってしまった

しばらくして　帰ってくると
ざぶとんに　すわりこみ
ぬれた足のうらを
なめはじめた

長ぐつなんて
はかなかったというように

足のうらが
梅のはなびらのように
きれいだった

こうもり

こうもりは
弁護士《べんごし》を　さがしています
けものの国と鳥の国が
争《あらそ》っていたとき

こうもりは
じぶんは　鳥かもしれない
いや　けものかもと
旗色《はたいろ》のいい方へと　うごいたため
なかまはずれにされたのです

こうもりは
じぶんで　じぶんが
わからなかっただけなのに

でも　弁護士は
あらわれてくれませんでした

もう　だれもが
わすれてしまっているのでしょう

洞窟《どうくつ》で
こうもりは
夜空の　くつ下のように
ぶらさがり
もう　ずっと前から
弁護士を　あきらめています

IV

壺《つぼ》

壺が抱《だ》いている暗《くら》さを思いながら
壺を眺《なが》めていることがあります

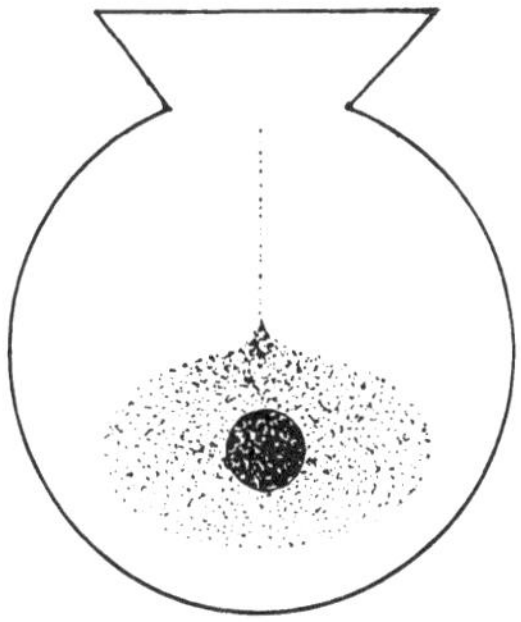

鏡《かがみ》

鏡を見るとき
だれでも
一番いい顔をします

その一番いい顔を見ることが
わたしの一番の幸福《こうふく》かもしれない——と
鏡は思いこもうとしています

下敷《したじ》き

表面《ひょうめん》には出ない
文字どおりの下働《したばたら》き
その下敷きについている
たくさんの傷《きず》あと

時計

ふと
時計が言《い》った
「わたしは　時間を見たことも　聞いたこともないのです
ただ　正確《せいかく》に動《うご》いているだけで」

時計屋《や》は「それでいい」
と、答えた

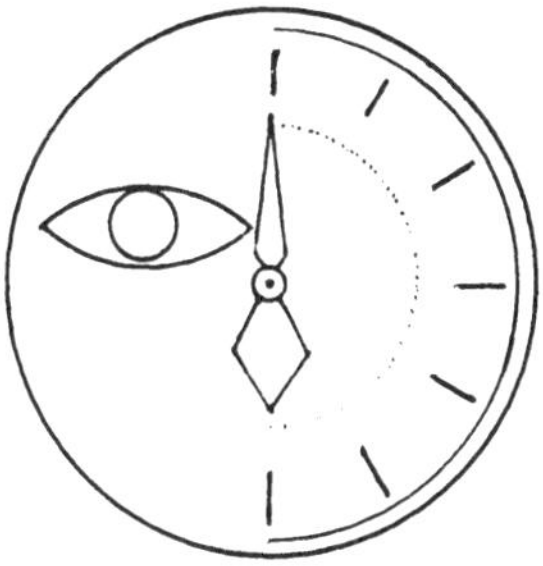

坂道《さかみち》

母は
家のまえの　坂道を
死《し》んだ父が　上《のぼ》ってくるような
気がするという

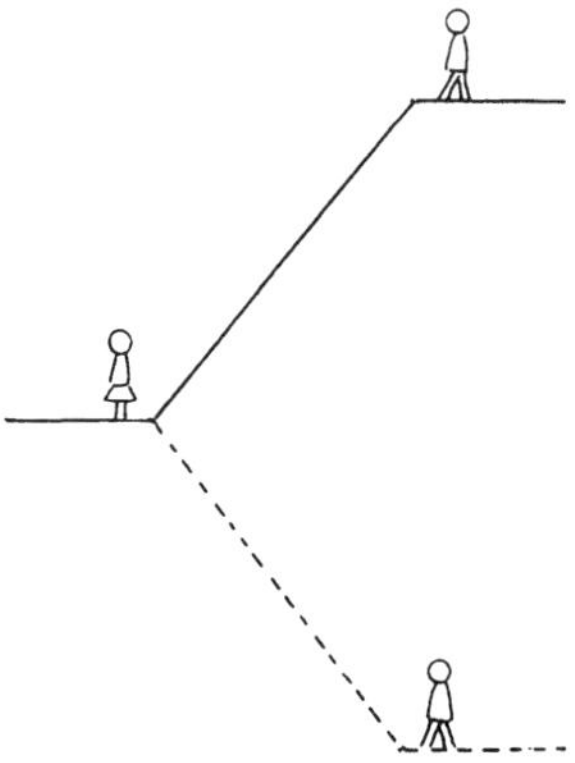

私は
家に帰るとき　坂道を
死んだ父が　下《お》りてきてくれるような
気がする

坂道は
じぶんを
どちらから　見つめているのだろう

川

生まれたときから
両岸《りょうぎし》のあいだを流れていく

自分を　なだめるように
流れていく

自分を　抑《おさ》えきれなくて
氾濫《はんらん》することもあるけれど――

廿千《はたち》さんに

吉野　弘

昨年の二月初め、あなたから、こういうお手紙をいただきました。

〈一生に一冊の詩集を持つのが私の夢です。先生の詩の教室に半年通っただけの生徒が、こんなお願いをしてよろしいものかどうか、思い悩みましたが、もし、お時間がございましたら、私の作品にお目を通していただけませんでしょうか。失礼は重々承知の上ですが、御返事いただければ幸いです。〉

〝少年詩〟と呼ばれるあなたのお作を、西武の詩の教室で幾つか読んでいましたから、良い詩集になるだろうとは思いましたが、少し前に健康を損ねて詩の教室を引退していた私ですから、実のところ躊躇しました。しかし、ちょっと考えてから、あなたに電話でこんな意味のご返事をしたように覚えています。〈私が拝見して面白くないと思ったお作を、面白くなるまで書き直すというおつもりがあれば、お引き受けしましょう。但し、お作をどういうふうに改めなさいという指示はしません。面白くなるまで「要再考」という書きこみをしてお作をお返ししますが、それでもよろしいでしょうか?〉

あなたは承知し、少しまとまった篇数のお作が間もなく私に届けられました。私は、面白いと思ったお作に○《マル》印をつけ、それ以外のお作には「要再考」の文字を書きこみ、若干のコメントを付して、お作をあなたにお返ししました。三月初めのことでした。

四月の下旬、「要再考」のお作を改めたものと、若干の新作が私あてに届き、そのあとも引き続きお作が送られてきました。七月にまたお作が届き、そのあと暫くお作が途絶えていましたが、十二月になってお作が届き、添えられたお手紙で、あなたのお父様が八月に亡くなられ、郷里の神戸に帰っておられたのを知りました。

越年して今年の二月、かなりまとまった数のお作が届き、手加減なしの私の作品評価が再び始まりました。届いたお作の内の何篇かが「要再考」作となって私からあなたへ、改められたお作の内の何篇かが更に「要再々考」作となって私からあなたへ、という繰り返しが半年ほど続きました。

このようにして、詩集に収録出来るだけの作品が準備されましたが、私の無愛想な「要再考」の文字に耐え、また、あまり親切ではない私のコメントを活かして、あなたは一年半、よく頑張りました。

良い詩集になりました、廿千さん。野菜、果物、花、小動物、身のまわりの器物などに寄せるあなたの親愛感は、しゃれた着想と洗練された言葉により素敵な詩作品になっています。あなたは〝少年詩〟をまとめるおつもりだったでしょうが、私は〝少年詩〟でもあり〝大人詩〟でもある作品を期待して、お作の推敲を何度も要求したのです。私の要求はあなたの頑張りによって、すっきりした詩に磨きあげられ、〝少年詩〟〝大人詩〟の魅力を共に具えた詩集になりました。

おめでとう。

一九八八年九月三日、記す

あとがき

この詩集「レモンの車輪」をお読みくださった方は、私の詩の素材のほとんどが、物、あるいは動物になっていることにお気付きになられたと思います。日々の生活の中で、色々な物を見つめているうちに、その物の気持ちになって考えることのおもしろさを知り、そうすることによって、不思議に自分をも見つめられるように感じられるからです。

時には、どんなに丁寧に見ていても、その物の気持ちになりきれないことがあります。そういう時のことを後で考えてみますと、それは私の一方的な見方を変えようとしなかったところにあるような気がします。

人は、相手の気持ちになって考えることが苦手です。ところが相手の気持ちになるということは、逆に自分を見つめ直してみることなのではないかと思えるのです。

今、こうして一冊の詩集を差出しながら、喜びと同時に、未熟な自分に赤面の思いがしてなりません。しかし、詩集にまとめることによって、自らを見つめ直し、新たな出発への区切りになることを願っております。

ここに収めました作品は、私が二十代の頃からの作品より選び、推敲したものです。書名となりました「レモンの車輪」は二九歳の時の作品「レモン」よりとったものです。その作品もその後推敲を加えましたが、私にとって愛着ある作品のひとつだけに、書名に出来ましたことを大変うれしく思っております。

この詩集を編むにあたりましては、以前「吉野　弘・詩の教室」で学んでいましたことから、敬愛する吉野　弘先生にお願いして、丁寧なご指導をいただきました。一つ一つ作品の深みを見つめることの大切さを教わりました。

装画・さし絵は、私が少年詩を書き始めて二十年の間、心の中で師と尊敬してまいりましたまど・みちお先生にご無理をお願いいたしましたところ、快くお引受けくださり、詩集に花を添えていただきましたことは、無上の喜びでございます。そのほかにも児童文学「未来っ子」同人、少年詩誌「おりおん」同人、少年詩論研究会の仲間、いつも私を応援してくれた沢山の友人達、そして最後になりましたが、少年詩に深いご理解を持ってお世話くださいました銀の鈴社の皆様に心よりお礼申し上げます。

一九八八年九月三日

はたち　よしこ

詩　はたちよしこ

1944年　神戸生
日本児童文学者協会会員
「小さな詩集」同人
第１回「現代少年詩集」新人賞
『レモンの車輪』（銀の鈴社）
　第１回少年詩賞受賞
『またすぐに会えるから』（大日本図書）
　第31回赤い鳥文学賞受賞
『いますぐがいい』（長崎出版）
詩集『海がピアノを弾いている』（木元省美堂）
吉岡弘行　女声合唱とピアノのための小曲集『レモンの車輪』

絵　まど・みちお

1909年　山口生　　2014年没　享年104歳
詩集「てんぷらぴりぴり」（大日本図書）
詩集「まめつぶうた」（理論社）
童謡集「ぞうさん」（国土社）
『まど・みちお全詩集』（理論社）
野間児童文芸賞、サンケイ児童出版文化賞、
国際アンデルセン賞、日本芸術院賞ほか受賞多数。

NDC911
神奈川　銀の鈴社　2024
88頁　21cm（レモンの車輪）

ジュニアポエムシリーズ　52
レモンの車輪

1988年12月９日初版発行（教育出版センター刊）
1996年10月14日３刷発行（教育出版センター刊）
2010年４月20日２版発行
2024年９月15日２版２刷発行
本体1,600円＋税

著　　者　はたちよしこ©　絵・まど・みちお©
発 行 者　西野大介
編集発行　㈱銀の鈴社　TEL 0467-61-1930　FAX 0467-61-1931
〒248-0017 神奈川県鎌倉市佐助1-18-21万葉野の花庵
https://www.ginsuzu.com
E-mail info@ginsuzu.com

ISBN978－4－87786－052－3　C8092
落丁・乱丁本はお取り替え致します

印刷　電算印刷
製本　渋谷文泉閣

…ジュニアポエムシリーズ…

1 鈴木敏史詩集 宮下琢郎・絵 星の美しい村 ★☆
2 小池知子詩集 高志孝子・絵 おにわいっぱいぼくのなまえ ★☆
3 鶴岡千代子詩集 武田淑子・絵 白い虹 児文芸新人賞
4 楠木しげお詩集 久保雅勇・絵 カワウソの帽子
5 津坂治男詩集 垣内美穂・絵 大きくなったら ★◇
6 後藤れい子詩集 山本まつ子・絵 あくたれぼうずのかぞえうた
7 北村蔦子詩集 柿本幸造・絵 あかちんらくがき
8 吉田瑞穂詩集 吉田翠・絵 しおまねきと少年 ⌺★◎
9 新川和江詩集 葉祥明・絵 野のまつり ★☆
10 阪田寛夫詩集 織茂恭子・絵 夕方のにおい ◆★☆○
11 高田敏子詩集 若山憲・絵 枯れ葉と星 ★☆
12 原田直友詩集 吉田翠・絵 スイッチョの歌 ★◎
13 小林純一詩集 久保雅勇・絵 茂作じいさん ◉★☆♪◎
14 谷川俊太郎詩集 長新太・絵 地球へのピクニック ★◎◇
15 与田準一詩集 深沢省三・深沢紅子・絵 ゆめみることば ★
16 岸田衿子詩集 中谷千代子・絵 だれもいそがない村
17 江間章子詩集 榊原直美・絵 水と風 ◇◎
18 原田直友詩集 小野まり・絵 虹—村の風景— ★
19 福田正夫詩集 福田達夫・絵 星の輝く海 ★☆
20 草野心平詩集 長野ヒデ子・絵 げんげと蛙 ★☆○◇
21 宮田滋子詩集 青木まさる・絵 手紙のおうち ☆○
22 久保田昭三詩集 斎藤彬子・絵 のはらでさきたい
23 鶴岡千代子詩集 加倉井和夫・武田淑子・絵 白いクジャク ★♪
24 尾上尚子詩集 まど・みちお・絵 そらいろのビー玉 ★☆ 児文協新人賞
25 水上紅詩集 深沢紅子・絵 私のすばる ☆
26 野呂昶詩集 福島一二三・絵 おとのかだん ★
27 こやま峰子詩集 武田淑子・絵 さんかくじょうぎ ☆
28 青戸かいち詩集 駒宮録郎・絵 ぞうの子だって
29 まきたかし詩集 福田達夫・絵 いつか君の花咲くとき ★☆♡
30 薩摩忠詩集 駒宮録郎・絵 まっかな秋 ★☆♡
31 新川和江詩集 福島一二三・絵 ヤァ！ヤナギの木 ★☆○♡
32 井上靖詩集 駒宮録郎・絵 シリア沙漠の少年 ★☆♡
33 古村徹三 詩・絵 笑いの神さま
34 江上波夫詩集 青空風太郎・絵 ミスター人類 ○☆
35 秋原秀夫詩集 鈴木義治・絵 風の記憶 ★◎
36 水村三千夫詩集 武田淑子・絵 鳩を飛ばす
37 久冨純江詩集 渡辺安芸夫・絵 風車 クッキングポエム
38 日野生三詩集 吉野晃希男・絵 雲のスフィンクス ★
39 佐藤雅子詩集 佐藤太清・広瀬きよみ・絵 五月の風 ★
40 小黒恵子詩集 武田淑子・絵 モンキーパズル ★
41 木村信子詩集 山本典子・絵 でていった
42 中野栄子詩集 吉田翠・絵 風のうた ☆
43 宮田滋子詩集 牧村慶子・絵 絵をかく夕日 ★
44 大久保ティ子詩集 渡辺安芸夫・絵 はたけの詩 ★☆
45 秋原秀夫詩集 赤星亮衛・絵 ちいさなともだち ♥

☆日本図書館協会選定（2015年度で終了）　♪日本童謡賞　♧岡山県選定図書　◇岩手県選定図書
★全国学校図書館協議会選定（SLA）　♡日本子どもの本研究会選定　◆京都府選定図書
□少年詩賞　■茨城県すいせん図書　♥秋田県選定図書　⌺芸術選奨文部大臣賞
○厚生省中央児童福祉審議会すいせん図書　♣愛媛県教育会すいせん図書　◉赤い鳥文学賞　◆赤い靴賞

…ジュニアポエムシリーズ…

46 日友靖子詩集 藤城清治・安西明美・絵 猫曜日だから ◆☆
47 秋葉てる代詩集 武田淑子・絵 ハープムーンの夜に ♡
48 こやま峰子詩集 山本省三・絵 はじめのいーっぽ ★♡
49 黒柳啓子詩集 金子滋・絵 砂かけ狐 ♡
50 三枝ますみ詩集 武田淑子・絵 ピカソの絵 ☆♡♪
51 夢虹二詩集 武田淑子・絵 とんぼの中にぼくがいる ♡○♥
52 はたちよしこ詩集 まど・みちお・絵 レモンの車輪 □♧
53 大岡信詩集 葉祥明・絵 朝の頌歌 ★☆♡♥◎
54 吉田瑞穂詩集 吉田翠・絵 オホーツク海の月 ★☆♡
55 さとう恭子詩集 村上保・絵 銀のしぶき ★☆♡
56 星乃ミミナ詩集 葉祥明・絵 星空の旅人 ★☆♡
57 葉祥明 詩・絵 ありがとう そよ風 ★♡▲
58 青戸かいち詩集 初山滋・絵 双葉と風
59 小野ルミ詩集 和田誠・絵 ゆきふるるん ★☆♪♡
60 なぐもはるき 詩・絵 たったひとりの読者 ★♡♧
61 小関秀夫詩集 小倉玲子・絵 風《かざ》栞《しおり》 ★♡♥
62 海沼松世詩集 守下さおり・絵 かげろうのなか ☆♡
63 山本龍生詩集 小倉玲子・絵 春行き一番列車 ♡
64 小泉周二詩集 深沢省三・絵 こもりうた ★☆♡
65 かわてせいぞう詩集 若山憲・絵 野原のなかで ♡★♥
66 えぐちまき詩集 赤星亮衛・絵 ぞうのかばん ♡◆♥
67 池田あきつ詩集 小倉玲子・絵 天気雨 ♡
68 藤井則行詩集 君島美知子・絵 友へ ♡♤
69 藤哲生詩集 武田淑子・絵 秋いっぱい ★♠
70 日友靖子詩集 深沢紅子・絵 花天使を見ましたか ★
71 吉田瑞穂詩集 吉田翠・絵 はるおのかきの木 ★
72 小島禄琅詩集 中村陽子・絵 海を越えた蝶 ☆★♥♡
73 にしおまさこ詩集 杉田幸子・絵 あひるの子 ★
74 山下竹二詩集 徳田徳志芸・絵 レモンの木 ★
75 高崎乃理子詩集 奥山英俊・絵 おかあさんの庭 ★♡
76 檜きみこ詩集 広瀬弦・絵 しっぽいっぽん ★♪□☆♡
77 たかはしけいこ詩集 高田三郎・絵 おかあさんのにおい ♡♣□
78 星乃ミミナ詩集 深澤邦朗・絵 花かんむり ♥☆♡
79 佐藤照雄詩集 津波信久・絵 沖縄 風と少年 ☆♡★
80 相馬梅子詩集 やなせたかし・絵 真珠のように ♥★
81 小島禄琅詩集 深沢紅子・絵 地球がすきだ ★
82 鈴木美智子詩集 黒澤梧郎・絵 龍のとぶ村 ◇★♥
83 いがらしれいこ詩集 高田三郎・絵 小さなてのひら ☆
84 宮入黎子詩集 小倉玲子・絵 春のトランペット ☆★
85 下田喜久美詩集 方振寧・絵 ルビーの空気をすいました ☆
86 野呂昶詩集 方振寧・絵 銀の矢ふれふれ ★
87 ちよはらまちこ詩集 ちよはらまちこ・絵 パリパリサラダ ★
88 秋原秀夫詩集 徳田徳志芸・絵 地球のうた ☆★
89 中島あやこ詩集 井上緑・絵 もうひとつの部屋 ★
90 藤川こうのすけ詩集 葉祥明・絵 こころインデックス ☆

✼サトウハチロー賞
☼三木露風賞
♤福井県すいせん図書
▲神奈川県児童福祉審議会推薦優良図書
♠奈良県教育研究会すいせん図書
❖北海道選定図書
◇静岡県すいせん図書
◎学校図書館図書整備協会選定図書(SLBA)
✢毎日童謡賞
❀三越左千夫少年詩賞

…ジュニアポエムシリーズ…

91 新井和詩集 高田三郎・絵 おばあちゃんの手紙 ☆★
92 はなわたえこ詩集 えばとかつこ・絵 みずたまりのへんじ ★♪
93 柏木恵美子詩集 武田淑子・絵 花のなかの先生 ☆
94 中原千津子詩集 寺内直美・絵 鳩への手紙 ★
95 髙瀬美代子詩集 小倉玲子・絵 仲なおり ★
96 杉本深由起詩集 若山憲・絵 トマトのきぶん ☆★◎ 児文芸新人賞
97 宍倉さとし詩集 守下さおり・絵 海は青いとはかぎらない ♧
98 石井英行詩集 有賀忍・絵 おじいちゃんの友だち ■
99 なかのひろ詩集 アサト・シェラ・絵 とうさんのラブレター ☆★
100 小松静江詩集 藤川秀之・絵 古自転車のバットマン
101 石原一輝詩集 加藤真夢・絵 空になりたい ☆✧★
102 小泉周二詩集 西真里子・絵 誕生日の朝 ☆■★
103 くすのきしげのり童謡 わたなべあきお・絵 いちにのさんかんび ☆★
104 成本和子詩集 小倉玲子・絵 生まれておいで ☆★♡♧✧
105 伊藤政弘詩集 小倉玲子・絵 心のかたちをした化石 ★
106 川崎洋子詩集 井戸妙子・絵 ハンカチの木 □★☆
107 柘植愛子詩集 油野誠一・絵 はずかしがりやのコジュケイ ✧
108 新谷智恵子詩集 葉祥明・絵 風をください ☆◈☼♪♡✣
109 金親尚子詩集 牧進・絵 あたたかな大地 ☆
110 黒柳啓子詩集 吉田翠・絵 父ちゃんの足音 ☆★♡□
111 富田栄子詩集 油野誠一・絵 にんじん笛 ♡☆
112 原国子詩集 高畠純・絵 ゆうべのうちに ☆△
113 宇部京子詩集 スズキコージ・絵 よいお天気の日に ○□♪☆◇★
114 武鹿悦子詩集 牧野鈴子・絵 お花見 ☆□
115 山本なおこ詩集 梅田俊作・絵 さりさりと雪の降る日 ☆★
116 小林比呂古詩集 おおた慶文・絵 ねこのみち ☆
117 後藤れい子詩集 渡辺あきお・絵 どろんこアイスクリーム ☆
118 重清良吉詩集 高田三郎・絵 草の上 ☆□⊛◆★
119 宮中雲子詩集 西真里子・絵 どんな音がするでしょか ✲★
120 前山敬子詩集 若山憲・絵 のんびりくらげ ☆★
121 川端律子詩集 若山憲・絵 地球の星の上で ♡
122 たかはしけいこ詩集 織茂恭子・絵 とうちゃん ♡⊛♣★
123 宮田滋子詩集 深澤邦朗・絵 星の家族 ☆♪
124 国沢たまき詩集 唐沢静・絵 新しい空がある
125 池田あきつ詩集 小倉玲子・絵 かえるの国 ★
126 黒田恵子詩集 倉島千賀子・絵 ボクのすきなおばあちゃん ☆★♡
127 垣内磯子詩集 宮崎照代・絵 よなかのしまうまバス ☆♡★
128 小泉周二詩集 佐藤平八・絵 太陽へ ⊛★♪☆♡
129 中島和子詩集 秋里信子・絵 青い地球としゃぼんだま ☆★
130 のろさかん詩集 福島一二三・絵 天のたて琴 ☆
131 加藤丈夫詩集 葉祥明・絵 ただ今受信中 ☆★
132 北原悠子詩集 深沢紅子・絵 あなたがいるから ♡
133 池田もと子詩集 小倉玲子・絵 おんぷになって ♡
134 鈴木初江詩集 吉田翠・絵 はねだしの百合 ★
135 垣内磯子詩集 今井俊・絵 かなしいときには ★

△長野県教育委員会すいせん図書　✡㈶日本動物愛護協会推薦図書
◈茨城県推奨図書　●児童ペン賞

…ジュニアポエムシリーズ…

136 秋葉てる代詩集 やなせたかし・絵 おかしのすきな魔法使い ♪★
137 青戸かいち詩集 永田萠・絵 小さなさようなら ❀★
138 柏木恵美子詩集 高田三郎・絵 雨のシロホン ♡★
139 藤井則行詩集 阿見みどり・絵 春だから ♡★◎
140 黒田勲子詩集 山中冬児・絵 いのちのみちを
141 南郷芳明詩集 的場豊子・絵 花時計
142 やなせたかし詩・絵 生きているってふしぎだな
143 内田麟太郎詩集 斎藤隆夫・絵 うみがわらっている
144 しまざきふみ詩集 島崎奈緒・絵 こねこのゆめ ♡
145 糸永えつこ詩集 武井武雄・絵 ふしぎの部屋から ♡
146 石坂きみこ詩集 鈴木英二・絵 風の中へ ♡
147 坂本のこ詩集 坂本こう・絵 ぼくの居場所 ♡
148 島村木綿子詩・絵 森のたまご ❀
149 楠木しげお詩集 わたせせいぞう・絵 まみちゃんのネコ ★
150 牛尾良子詩集 上矢津・絵 おかあさんの気持ち ♡

151 三越左千夫詩集 阿見みどり・絵 せかいでいちばん大きなかがみ ★
152 水村三千夫詩集 高見八重子・絵 月と子ねずみ
153 川越文子詩集 横松桃子・絵 ぼくの一歩 ふしぎだね ★
154 すずきゆかり詩集 葉祥明・絵 まっすぐ空へ
155 西田純詩集 葉祥明・絵 木の声 水の声
156 清野倭文子詩集 水科舞・絵 ちいさな秘《ひ》密《みっ》
157 川奈静詩集 直江みちる・絵 浜ひるがおはパラボラアンテナ ★◎
158 若木良水詩集 西真里子・絵 光と風の中で
159 牧陽子詩集 渡辺あきお・絵 ねこの詩 ★◎
160 宮田滋子詩集 阿見みどり・絵 愛一輪 ★◎
161 井上灯美子詩集 唐沢静・絵 ことばのくさり ☆♪
162 滝波万理子詩集 滝波裕子・絵 みんな王《おう》様《さま》 ★♪
163 冨岡みち詩集 関口コオ・絵 かぞえられへん せんぞさん ★
164 垣内磯子詩集 辻恵子・切り絵 緑色のライオン ★◎
165 すぎもとれいこ詩集 平井辰夫・絵 ちょっといいことあったとき ★

166 岡田喜代子詩集 おぐらひろかず・絵 千年の音 ★☆◎
167 川奈静詩集 直江みちる・絵 ひもの屋さんの空 ★◎☆♥♡
168 鶴岡千代子詩集 武田淑子・絵 白い花火 ★☆
169 井上灯美子詩集 唐沢静・絵 ちいさい空をノックノック ★◎☆
170 尾崎杏子詩集 ひなた山すじゅう郎・絵 海辺のほいくえん ☆♡★◎
171 柘植愛子詩集 やなせたかし・絵 たんぽぽ線路 ☆♡★◎♪
172 小林比呂古詩集 うめざわのりお・絵 横須賀スケッチ ☆★◎♡▲
173 林佐知子詩集 串田敦子・絵 きょうという日 ☆★◎♡▲
174 後藤基宗子詩集 岡澤由紀子・絵 風とあくしゅ ☆♥★◎♡
175 土屋律子詩集 高瀬のぶえ・絵 るすばんカレー ☆♡★◎▲
176 三輪アイ子詩集 深沢邦朗・絵 かたぐるましてよ ★☆♡
177 田辺瑞美子詩集 西真里子・絵 地球賛歌 ☆★◎
178 高瀬美代子詩集 小倉玲子・絵 オカリナを吹く少女 ☆♡
179 中野惠子詩集 串田敦子・絵 コロポックルでておいで ★♡☆♪
180 松井節子詩集 阿見みどり・絵 風が遊びにきている ★☆♡▲

…ジュニアポエムシリーズ…

181 新谷智恵子詩集　徳田徳志芸・絵　とびたいペンギン　佐世保文学賞　▲♡★◎
182 牛尾良子詩集　牛尾征治・写真　庭のおしゃべり　♡★◎
183 三枝ますみ詩集　髙見八重子・絵　サバンナの子守歌　☆★
184 佐藤雅子詩集　佐藤太清　菊池治子・絵　空の牧《まき》場《ば》　■☆◎★◈♡
185 山内弘子詩集　おぐらひろかず・絵　思い出のポケット　♡★♪
186 山内弘子詩集　阿見みどり・絵　花の旅人　♡★▲
187 原国子詩集　牧野鈴子・絵　小鳥のしらせ　◎♡★△
188 人見敬子詩・絵　方《はこ》舟《ぶね》地球号　―いのちは元気―　♡★◎
189 林佐知子詩集　串田敦子・絵　天にまっすぐ　◎★☆♡
190 小臣富子詩集　渡辺あきお・絵　わんさかわんさかどうぶつさん　◎✡♡★
191 川越文子詩集　かまだちえみ・写真　もうすぐだからね　♡★◎
192 永田喜久男詩集　武田淑子・絵　はんぶんごっこ　♡☆★◎
193 吉田房子詩集　大和田明代・絵　大地はすごい　▲★◎♡
194 石井春香詩集　髙見八重子・絵　人魚の祈り　★♡
195 石原一輝詩集　小倉玲子・絵　雲のひるね　♡
196 たかはしけいご詩集　髙橋敏彦・絵　そのあと　ひとは　★
197 宮田滋子詩集　おおた慶文・絵　風がふく日のお星さま　★♡◎
198 渡辺恵美子詩集　つるみゆき・絵　空をひとりじめ　★♡♪
199 宮中雲子詩集　西真里子・絵　手と手のうた　★
200 杉本深由起詩集　太田大八・絵　漢字のかんじ　★♡❀
201 井上灯美子詩集　唐沢静・絵　心の窓が目だったら　★♡
202 峰松晶子詩集　おおた慶文・絵　きばなコスモスの道　★♡
203 高橋文子詩集　山中桃子・絵　八丈太鼓　★♡
204 長野貴子詩集　武田淑子・絵　星座の散歩　★♡
205 江口正子詩集　髙見八重子・絵　水の勇気　♡☆★
206 藤本美智子詩・絵　緑のふんすい　☆♡★
207 林佐知子詩集　串田敦子・絵　春はどどど　♡★◎
208 小関秀夫詩集　阿見みどり・絵　風のほとり　▲☆♡★
209 宗美津子詩集　宗信寛・絵　きたのもりのシマフクロウ　♡★
210 かわてせいぞう詩集　髙橋敏彦・絵　流れのある風景　☆♡★
211 土屋律子詩集　高瀬のぶえ・絵　ただいまぁ　◎★♡▲☆
212 永田喜久男詩集　武田淑子・絵　かえっておいで　☆♡★
213 みたみちこ詩集　牧進・絵　いのちの色　♡★
214 糸永えつこ詩集　糸永わかこ・絵　母です　息子です　おかまいなく　♡☆★
215 宮田滋子詩集　武田淑子・絵　さくらが走る　♪♡☆★
216 柏木恵美子詩集　吉野晃希男・絵　ひとりぽっちの子クジラ　♡★◎
217 江口正子詩集　髙見八重子・絵　小さな勇気　♡☆★
218 井上灯美子詩集　唐沢静・絵　いろのエンゼル　★♡
219 中島あやこ詩集　日向山寿十郎・絵　駅伝競走　★☆♡
220 高橋孝治詩集　髙見八重子・絵　空の道　心の道　★♡
221 江口正子詩集　日向山寿十郎・絵　勇気の子　♡☆★
222 宮田滋子詩集　牧野鈴子・絵　白鳥よ　☆★
223 井上良子詩集　銅版画　太陽の指環　★
224 川越文子詩集　山中桃子・絵　魔法のことば　♡☆★
225 西本みさこ詩集　上司かのん・絵　いつもいっしょ　☆♡

…ジュニアポエムシリーズ…

226 おばらいちこ詩集　髙見八重子・絵　ぞうのジャンボ ☆★♡
227 吉田房子詩集　本田あまね・絵　まわしてみたい石臼 ★♡
228 吉田房子詩集　阿見みどり・絵　花　詩　集 ★♡◎
229 田中たみ子詩集　唐沢静・絵　へこたれんよ ★◎
230 林佐知子詩集　串田敦子・絵　この空につながる ★♡
231 藤本美智子 詩・絵　心のふうせん ★♡
232 火星雅範詩集　西川律子・絵　ささぶねうかべたよ ★♡▲
233 吉田房子詩集　岸田歌子・絵　ゆりかごのうた ★♡
234 むらかみみちこ詩集　むらかみみちこ・むらかみあくる・絵　風のゆうびんやさん ★♡
235 白谷玲花詩集　阿見みどり・絵　柳川白秋めぐりの詩 ★♡
236 ほさかとしこ詩集　内山つとむ・絵　神さまと小鳥 ★☆♡
237 内田麟太郎詩集　長野ヒデ子・絵　まぜごはん ☆★◎♡▲
238 小林比呂古詩集　出口雄大・絵　きりりと一直線 ♡★
239 牛尾良子詩集　おぐらひろかず・絵　うしの土鈴とうさぎの土鈴 ★◎♡
240 山本純子詩集　ルイコ・絵　ふ　ふ　ふ ★♡☆◎

241 神田亮 詩・絵　天使の翼 ★☆♡
242 かんざわみえ詩集　阿見みどり・絵　子供の心大人の心さ迷いながら ☆★◎▲
243 永田喜久男詩集　内山つとむ・絵　つながっていく ★☆♡
244 浜野木碧 詩・絵　海原散歩 ☆★◎♡
245 やまうち・しゅうへい詩集　山本省三・絵　風のおくりもの ☆★◎♡
246 すぎもとれいこ 詩・絵　てんきになあれ ★◎
247 冨岡みち詩集　加藤真夢・絵　地球は家族 ひとつだよ ♡☆◎★
248 北野千賀詩集　滝波裕子・絵　花束のように ♡☆★◎
249 石原一輝詩集　加藤真夢・絵　ぼくらのうた ♡★◎
250 土屋律子詩集　高瀬のぶえ・絵　まほうのくつ ♡☆★◎▲
251 津坂治男詩集　井上良子・絵　白い太陽 ☆♡★◎
252 石井英行詩集　よしだちなつ・表紙絵　野原くん ☆★♡◎▲
253 井上灯美子詩集　唐沢静・絵　たからもの ☆♡★
254 大竹典子詩集　加藤真夢・絵　おたんじょう ☆★
255 たかはしけいこ詩集　織茂恭子・絵　流れ星 ★♡

256 谷川俊太郎詩集　下田昌克・絵　そ　し　て ♡★◎
257 なんば・みちこ詩集　布下満・絵　トックントックン大空で大地で ★◎
258 宮本美智子詩集　阿見みどり・絵　夢の中に そっと ★◎♡
259 成本和子詩集　阿見みどり・絵　天使の梯子 ★◎
260 海野文音詩集　牧野鈴子・絵　ナンドデモ ★♡
261 熊谷本郷詩集　永田萠・絵　かあさん かあさん ★♡
262 大楠翠詩集　吉野晃希男・絵　おにいちゃんの紙飛行機 ★♡♪
263 久保恵子詩集　たかせちなつ・絵　わたしの心は 風に舞う ★♡
264 みずかみさやか詩集　葉祥明・絵　五月の空のように ★♡
265 尾崎昭代詩集　中辻アヤ子・絵　たんぽぽの日 ★
266 はやしゆみ詩集　渡辺あきお・絵　わたしはきっと小鳥 ★
267 田沢節子詩集　永田萠・絵　わき水ぷっくん △★♡
268 柘植愛子詩集　そねはらまさえ・絵　赤いながぐつ ★♡
269 馬場与志子詩集　日向山寿十郎・絵　ジャンケンポンでかくれんぼ ♡★
270 内田麟太郎詩集　高畠純・絵　たぬきのたまご ★●♡

…ジュニアポエムシリーズ…

271 むらかみみちこ 詩・絵 家族のアルバム ★♡
272 井上和子 詩集 吉田瑠美・絵 風のあかちゃん ★♡
273 佐藤一志 詩集 日向山寿十郎・絵 自然の不思議 ♡★
274 小沢千恵 詩・絵 やわらかな地球 ♡★
275 あべこうぞう 詩集 大谷さなえ・絵 生きているしるし ♡★
276 宮田滋子 詩集 田中槇子・絵 チューリップのこもりうた ★♡
277 林佐知子 詩集 葉祥明・絵 空の日 ★♡
278 いしがいようこ 詩・絵 ゆれる悲しみ ★♡
279 村瀬保子 詩集 武田淑子・絵 すきとおる朝 ♡★
280 あわのゆりこ 詩集 高畠純・絵 まねっこ ★♡
281 川越文子 詩集 福田岩緒・絵 赤い車 ★♡
282 白石はるみ 詩集 かないゆみこ・絵 エリーゼのために ★♡
283 尾崎杏子 詩集 日向山寿十郎・絵 ぼくの北極星 ♡★
284 壱岐梢 詩集 葉祥明・絵 ここに ★
285 野口正路 詩集 山手正彦・絵 光って生きている ★◎

286 樋口てい子 詩集 串田敦子・絵 ハネをもったコトバ ★◎
287 火星雅範 詩集 西川律子・絵 ささぶねにのったよ
288 大楠翠 詩集 吉野晃希男・絵 はてなとびっくり ★◎✿
289 大澤清 詩集 阿見みどり・絵 組曲 いかに生きるか ★
290 たかはしけいこ 詩集 織茂恭子・絵 いっしょ ★♡◎
291 内田麟太郎 詩集 大野八生・絵 なまこのぽんぽん ★◎○
292 はやしゆみ 詩集 はなてる・絵 こころの小鳥 ♡★◎
293 いしがいようこ 詩・絵 あ・そ・ぼ！ ★♡◎
294 帆草とうか 詩・絵 空をしかくく 切りとって ★♡
295 土屋律子 詩集 吉野晃希男・絵 コピーロボット ★◎♡
296 川上佐貴子 詩集 はなてる・絵 アジアのかけ橋 ♡★◎
297 西沢杏子 詩集 東逸子・絵 さくら貝とプリズム ♡★◎
298 鈴木初江 詩集 小倉玲子・絵 めぐりめぐる水のうた ★◎
299 白谷玲花 詩集 牧野鈴子・絵 母さんのシャボン玉 ◎★
300 ゆふあきら 詩集 ゆふくみこ・絵 やまぐちかおる・絵 すずめのバスケ ♡★◎

301 半田信和 詩集 吉野晃希男・絵 ギンモクセイの枝先に ★◎
302 弓削田健介 詩集 葉祥明・絵 優《やさ》しい詩《うた》のお守《まも》りを ★♡
303 内田麟太郎 詩集 井上コトリ・絵 たんぽぽ ぽぽぽ ★◎♡
304 宮本美智子 詩集 阿見みどり・絵 水色の風の街 ★◎♡
305 星野良一 詩集 ながしまよいち・絵 星の声、星の子へ ◎♡★✿
306 うたかいずみ 詩集 しんやゆう子・絵 あしたの木 ♪♡★◎
307 藤本美智子 詩・絵 木の気分 ♡★◎
308 大迫弘和 詩集 葉祥明・絵 ルリビタキ ★◎
309 林佐知子 詩集 髙見八重子・絵 いのちの音 ★
310 森木林 詩集 葉祥明・絵 あたたかな風になる ★♡
311 内田麟太郎 詩集 かみやしん・絵 たちつてと ★♡
312 星野良一 詩集 ながしまよいち・絵 スターライト ★
313 雨森政恵 詩集 おむらまりこ・絵 いのちの時間
314 神内八重 詩集 田辺玲・絵 あたま なでてもろてん
315 網野秋 詩集 西川律子・絵 ことばの香り

ジュニアポエムシリーズは、子どもにもわかる言葉で真実の世界をうたう個人詩集のシリーズです。

本シリーズからは、毎回多くの作品が教科書等の掲載詩に選ばれており、1974年以来、全国の小・中学校の図書館や公共図書館等で、長く、広く、読み継がれています。

心を育むポエムの世界。

一人でも多くの子どもや大人に豊かなポエムの世界が届くよう、ジュニアポエムシリーズはこれからも小さな灯をともし続けて参ります。

316 イイジマヨシオ詩集 木のなかの時間

317 藤本美智子 詩・絵 わたしが描いた詩

＊刊行の順番はシリーズ番号と異なる場合があります。